Por Amor

Elizabete B. Farias

Porto de Idéias
EDITORA
São Paulo, 2013

POR AMOR

Elizabete B. Farias

Coordenação Editorial
Silvana Pereira de Oliveira

Projeto Gráfico e Capa
Otávio Oliveira Silva

Dados Internacionais de Catalogação na Publicação (CIP)
(Câmara Brasileira do Livro, SP, Brasil)

Farias, Elizabete B.
Por amor / Elizabete B. Farias. -- São Paulo :
Porto de Idéias, 2013.

ISBN 978-85-8061-042-0

1. Poesia brasileira I. Título.

13-04241 CDD-869.91

Índices para catálogo sistemático:
1. Poesia : Literatura brasileira 869.91

Editora Porto de Idéias Ltda.
Rua Perdões, 101 – Aclimação
São Paulo – SP – 01529.030
Fone (11) 3884-3814
www.portodeideias.com.br
twitter.com/portodeideias

Dedico este trabalho a todos que amam, que veem nas ações, palavras e pensamentos, o sentimento amor. Pois somente através do amor é que a emoção transmitida em palavras alcançará a essência de nossas vidas.

Agradeço ao meu Mestre, Jesus,
Grande Mentor que me guiou com sua sabedoria.

Sumário

A pessoa que transmite ser

O homem é provedor de tudo, desde que seus passos sejam
Longos feito o tempo que passa sem dimensão.
Que a virtude permaneça sem alterar seus traços.
Porque só assim será portador dos dotes divinos
E carregará consigo os valores pela humanidade esquecidos.
Quando sua voz se propagar, não para uma
Quantidade exata,
E sim para todos que estejam prontos a entender
O conhecimento que tem, só assim
Serão transmitidos aos que almejam saber
Para percorrerem o caminho da vitória.
A confiança que passará para que seja eterna,
E com a certeza de que verá os frutos por ela,
Muitas são as contradições que encontrará na vida
Porém, os preceitos continuam...

A mãe natureza

Obrigado por resistir ao ouvir as motosserras cortarem e derrubarem o que criou para me alimentar.

E nos proteger dos raios do sol, e nos permitir sentir o perfume das folhas e flores ao romper das matas fechadas.

Perdoa-me quando chora e ao cair a lágrima ver que onde corria as águas cristalinas, os peixes festejavam a Piracema, sentir o estalar do solo árido.

Quando olha para o céu, no qual antes as estrelas tomavam todo o espaço do azul celeste, ver apenas uma massa cinzenta com nome de efeito estufa.

O seu tesouro foi tirado de suas entranhas, transformado em pedras preciosas, despertando assim a corrida do poder e da posse sem fronteiras.

Seu sopro, que ao correr pelas verdes campinas, e que toda a espécie sentia o frescor da liberdade em ação, hoje o vimos em forma de tornado, tudo se leva.

Mãe, por tudo é zelosa, por sua criação, com sua força na guerra pede socorro, sabe que a sobrevivência de tudo continua em tuas mãos.

Obrigado por resistir...

As águas

Fonte da vida, que nos mananciais fluem como o brotar de uma semente.
Emana seu frescor nos rodeios de sua nascente.
Seus murmúrios nas pedras que se tocam é evidente fala.
Com sua claridade pode se ver os raios límpidos do sol, que aquecem e emergem o espelho luminoso do mais belo cristal.
Seguem sem rumo deixando seu trajeto delimitando as margens de sua rotatória.
Ora calmas, ora revoltas, reagem as forças da natureza e expõem seus clamores a marés revoltas em suas ondas, mansas e tranquilas, quando na calada da noite, quando sentem a paz à sua volta.
No luar que clareia as suas nascentes, que emitem sons como toques do clarim suave...
Com doce canto dos seres que a compõem fazem festa ao silêncio dos elementos que a envolvem na terra...
E rainha-mãe, no céu a estrela-guia dos cosmos, no sol seu refrigério para o brilho do astro rei das galáxias...

Queres ser assim

Do dia faça o melhor
Do sol pegue seu brilho e se aqueça
Da caminhada guarde seus passos
De tua fala a pronúncia de suaves palavras
Do teu olhar o mais belo encanto
Do amor o terno desejo
Do abraço o acolhimento com serenidade
Do sorriso a felicidade com alegria
Da flor leve seu perfume
Da beleza leva a vida
Pois assim queres ser...

Tempo

O tempo que não cessa,
A ansiedade da espera,
Do cativeiro se faz cativo tempo
Não para, não volta.
Passa sem medida,
Sem passos, e deixa o olhar adiante...

Dignidade

Dignidade, valor sensato,
Que vem como se fosse um presente dado ao nascer.
O privilegiado leva-a como um tesouro.
Que faz questão em demonstrar,
Para os que não sabem parece orgulho.
Causa estranheza, ao ser altiva,
Ao sobressair-se ao perigo,
A não aceitar o círculo vicioso e se corromper,
Ao preço marcado e com troco certo.
Assim como sensata,
Deixa tudo ir, porém o bem certo de seu valor fica intocável.
Pois o presente dado é o tesouro que nem o tempo tira o seu brilho,
Assim é a dignidade...

Para uma nova vida

Quando nasce, nosso ser começa uma nova vida,
Que cresce a cada estação, a cada tempo,
Com a desenvoltura se faz homem,
Conhecedor da vida com discernimento,
Segue seus caminhos, seus objetivos.
A cada tempo um sentimento o transforma,
Quando criança a vontade de brincar, correr, sonhar,
Jovem, as paixões e o amor despertam emoções.
Quando adulto, sua maturidade quer tranquilidade,
Com os amores vividos e suas marcas deixadas,
Pelos anos passados segue com a experiência, sabendo
Que a vida concedida é inovadora,
Nasce todo dia...

Magia

Este tempo é feito a magia,
Que contagia a todos, com o brilho
Que não conseguimos ver nos dias corridos,
Com luzes que incandescem a alma.
Vai dentro de uma emoção, e paramos
E lembramos que todos estão
Esperando o dia da visita esperada.
É nesse tempo que sei que o Mestre mensageiro da paz
Está aqui comigo!
Obrigado Jesus pela sua companhia.

Homenagem às mães

Vida que me deste, minha mãe,
No amparo de teu colo é terno calor.
O amor que transmite a cada carinho que me faz,
Sua proteção me faz sentir seguro,
O sorriso que brilha, mesmo que seja para me deixar feliz,
O alimento que minha alma necessita vem de ti mãe.
Mãe, sou grato por me fazer o homem de todo dia,
A esperança de um mundo melhor,
As pilastras para a edificação de meu sonho,
O meu sonho que partiu de suas raízes,
Faz-se dos seus ensinamentos para a busca
De amar quem está do meu lado.
Fazer do meu trabalho o sucesso de um todo,
A perseverança para que todos se sintam fortes,
Fazer da luz que nos ilumina o brilho incandescente,
Que passo todo dia para os que estão no caminho,
Na minha vida, sejam horas, sejam minutos
Que fazem a diferença, e carrego para minha existência,
Pois tudo que é com amor não acaba, se prolonga.
E me faz homem de luta para vencer as batalhas
Que a vida nos oferece, para semear a vitória,
Com lírios celebrar as conquistas do amor vindo de ti...

Mulher

Mulher nascida por natureza
Tem seus traços singelos
Sua beleza em sua forma
Que encanta e fascina
Na leveza de sua doçura
Nas palavras que soam nos lábios
De quem acolhe e protege
Acalenta o pranto de quem chora
Segue o caminho na virtude
No esmero é mãe, mulher
Nas letras se torna hábil
Faz de seus sonhos
A felicidade de quem tem ao lado
Na formosura da moldura de seus traços
Esculpidos com leveza, se torna desejo,
Concebe o belo olhar para o amor eterno
Na mais bela sintonia de um sentimento,
Para ter seu sentido, mulher...

Silêncio

No silêncio da noite me encontro,
Em frente a uma tela que me exige palavras,
Procuro, vou te encontrar com meu íntimo...
Vem uma que me diz saudade
Do que não foi vivido, apenas imaginado,
Num delírio em viagem ao esmo,
De outrora de um encontro de duas almas,
Ofegantes para se tocar através de um olhar
Despertando o desejo adormecido de muito antes,
Felizes do encontro único, esperado,
No vazio do espaço fica a lembrança,
No silêncio se faz acalento, se faz partir.
Para descrever tal vazio que cala no infinito a saudade.

Sem razão

Sem razão o pranto clama por uma lágrima
Que guardada desnuda o sentimento fecundo
Do coração seu abrigo tomado pela agonia,
Da espera do não saber o que se passa,
Com outrem que se faz parte da morada sublime,
Da alma que busca alívio ao cair o pranto.
Do sorriso com o canto sublime volta o olhar
Para distante o encontro marcado,
Com a busca do saber, o motivo que levou a trazer tal pranto
Sem razão, o olhar se perde entre o tempo à espera da razão...

A arte

A arte que encanta, deslumbra em cores,
Entre os arabescos se transforma com a aquarela
Que enche as formas de geometrias diversas.
A paisagem destacada em horizontal curva ao olhar,
Se nota o vislumbre do artista que mostra suas emoções,
Como o sopro de uma ópera, tal qual o maestro nos seus atos,
Gesticula suas mãos a arte emitida e transmitida numa só,
Canto seu esplendor em formas, e em cores faz se perder
Num olhar...

Por amor

Por amor ao que faço é que te lembro
Por amor à causa de tua causa é que te refiro
Por amor à arte do sentimento é que te vejo
Por amor à escrita e às palavras é que te relato
Por amor aos meus ideais é que abraço as suas ideias
Por amor ao conhecimento é que encontro sua sabedoria
Por amor à origem da vida é que está em minha história
Por amor, pelo amor aos meus, aos seus, falo amor.

Rotina

Os dias lineares se fazem,
Quando a multidão em massa
Adota como modelo de vida o que foi imposto,
Pela força do progresso, o consumo exagerado.
Levam consigo o cansaço dos dias de rotineiros,
As horas fatídicas com suor derramado dedicado ao
Trabalho endividado.
Seguem a rotina traçada pelo excesso do contingente, nas
Ruas, avenidas, nos trilhos da grande cidade.
Em rumo ao regresso, enfrentam o espaço concorrido,
Como em um campo de guerra não se reconhecem, só querem
Chegar ao ponto de partida.

Porto seguro

Pouso firme para o pássaro viajante, que voa nos
Céus sem parada,
Cais seguro para o navio que passou pelas forças
Dos mares da totalidade de águas revoltas,
Esperança para quem de longe avista seu topo e
Almeja alcançar a fortaleza protetora.
Descanso certo ao acolher o estrangeiro vindo de
Terras longínquas,
Mirante de paz, quando a bandeira é hasteada se vê a
Brancura, que em movimento se faz.

Pressa

Quero apenas um minuto de sua inquietude pressa,
Com os planos marcados em tempo determinado.
Do teu olhar quero observar seus olhos e o que me dizem,
Quero sua atenção ao falar, sua pronta resposta,
Para a direção quero ir na tua emoção,
Para conquistar o teu abraço
E dizer o quanto te amo com um beijo.
Por um momento, quero sentir o calor do teu corpo
E te envolver nas carícias da paixão.
Quero no seu descanso ser sua fonte geradora de desejo,
Para o dia seguinte, seguir a pressa com a inquietude
Do teu amor...

Quisera

Quisera nessa hora ao olhar os arranha-céus
Poder ver as verdes matas e as árvores sem medida.
Ao deparar com as águas turbulentas sem rumo,
Ver as corredeiras das nascentes límpidas.
Ao ouvir o desenfreado motor, tão perto,
Contemplar o canto dos pássaros em festa.
Na porta esperar o viajor com a acolhida de dias esperados!
Quisera, quando ao bater o vento na face,
Sentir o frescor dos mares com perfume de flores natas.
Quisera ao céu olhar, contar as estrelas brilhantes,
E seguir as nuvens brancas feito neve sem distância.
Quisera...

Emoções

Sentir a vida é fazer das emoções o sentido de todo
Dia.
É com um simples aperto de mão, saber que o significado
Pode preencher o espaço perdido no tempo de espera.
Que uma conversa, entretanto, faz de sorrisos o
Gosto de continuar, a jornada mais leve.
E todas as manhãs a certeza do caminho a seguir.
Ao fim da tarde, com o sentido de dever cumprido, a
Energia do amor se propaga no beijo, no abraço
Caloroso.
Dá-se a certeza que a vinda é de longe, a hora é
Certa.
A identidade se faz com o olhar de um homem, de uma
Mulher que juntos se misturam,
Fazem da química a ebulição das primazias, emoções,
Que embelezam a vida, dos ares a sensação de
Frescor.
A dor, um leve sopro dos ventos, os labirintos,
Atalhos de saída.
O laço é feito com mãos apertadas para seguir
Adiante, seja apenas por um minuto ou pela
Eternidade de cada momento.

Vida

Meu bem-querer
Minha vida, minha luz,
Minha alma florida,
Com perfume emanados
Da essência do viver!

Sensatez

Os inteligentes em sua essência são
Os que passam pelos espinhos,
Com a certeza que terão flores,
Que trilham o caminho incerto,
Para alcançar a firmeza de seus passos,
Da luta incessante,
A vitória duradoura,
Do descaso impessoal,
O acaso da aurora ao alvorecer,
Dos anos passados, o resgate de sua existência,
Da leveza da alma, a sublime formosura,
Dá amor, enche o coração e faz brotar
Em tudo, de todos, para a única razão de ser.

Ensina-me

Ensina-me a perdoar,
Aos que falam do amor,
E só os sentem pelos seus idênticos.
Da humildade fazem a soberba,
O seu ego atingir,
Generosos são em querer
Tudo para si mesmo.
A luz que de longe se vê,
Querem alcançar com os braços,
A todo custo, sem querer antes conhecer
A paciência da espera dos anos vividos.
Ensina-me a perdoar...

Nostalgia

Que bom estar aqui
E sentir a brisa que cai e molha meu rosto,
Com suas gotas gélidas de outono, mesmo sendo
tardio o amor que desponta de seu olhar, inesperado rompe
O silêncio,
Que a alma adormece, em constante canção de ninar,
Que ao acordar se depara com um lago azul e, em volta
Repleto de flores silvestres que exalam
Seu perfume, que com o contato se faz infinito,
Torna-se em suma constância.

Porque não falar

As palavras têm sentido
A escrita, sua forma.
O pensamento, a sua criação.
O ato se transforma em
Acontecimento e, quando
Vividos, em lembranças.
Com o desejo de retornar
Ao encontro por acaso,
O abraço sem continuidade,
A conversa, entretanto,
A voz que encanta,
Acompanhada de um olhar,
Que analisa, que fixa e diz
Não pare, continue...

Único

Ser diferente é ser único,
Em sua razão tens o que é necessário,
Tens a luz do céu para iluminar,
O calor do sol para aquecer,
A terra de suas raízes, o alimento.
Água, sua continuidade de vida.
O astro rei a te conduzir
Aos caminhos certos.
Tudo tens, és único.

Às vezes

Às vezes sou como uma gaivota
Que levanta voo em busca
De um pouso firme.
Às vezes procuro traços existentes
Que assumam minha forma;
Às vezes os passos que alcanço,
Tenho a sensação de acompanhá-los
De muito longe, e na fadiga
Da caminhada peço que
Os passos sejam iguais
Para o tempo não
Prolongar
A falta de antes.
Às vezes penso que sou livre,
Sem lembrar que
Vivemos
Em muralhas que nos rodeiam.
Neste momento
A hora da partida segue com o voo
Para ares distantes, onde o
Pouso
Torna-se firme e onde posso descansar
Da longa viagem…

O sábio

Pedra lapidada com esmero,
É o homem que procede com princípios,
Com valor exprime seu conhecimento,
Com aristocracia endireita as veredas,
Para com seu espelho reflita, nos atos,
Fazendo da luta o combate à guerra.
Refúgio aos confusos,
Confiança aos incertos rumos.
Esmero se faz ao correr dos dias,
Deleite repouso nas escrituras,
Procura a exatidão da ciência,
Para causa do problema aponta a solução.
Pedra, não se deixa levar pelos insanos, profanos,
Continua intocável em sua forma,
Com certo cuidado para que não
Se perca sua característica.
Lapidado apenas para reluzir
O seu brilho luminoso.
Aos que o conhecem, sabem que é raridade,
Tem seu valor cobiçado, sem paga, sem custo.
Sabe-se que a pedra lapidada
Com esmero é preciosa, pois sua história
É única, só tempo o fez sábio.

Jardim

Hoje ao abrir a porta do meu jardim
Para colher as flores que enfeitam a chegada
Do meu mestre, em todos os lares e nações,
Percebi que a árvore que plantei, desde a minha
Vinda, está florescendo.
Sabes, ela é como a nogueira, custa uma vida para
Dar frutos.
Ela já está dando flores e vocês estão convidados
Para participarem da colheita...

Paz

Que a paz seja como uma semente que brota,
Que soe como uma música, como um suave canto,
Que seja como um feixe de luz de precisão dos
Raios de sol.
Que as águas desse sentimento os inundem,
Pois com ele venceremos a guerra, a fome, a
Violência, as diferenças sociais do capitalismo.
As armas não matarão, pois servirão para desferir
O preconceito e o medo de nos sentirmos irmãos.
E as nações não precisarão de fronteiras para serem
Unidas e resolveram os problemas existenciais.
Como um todo,
Não haverá distinções de dogmas e preceitos,
Todos se encontrarão com o mesmo Criador.

Vitória

Na aurora de minha vida
Ficaram boas lembranças,
Que me acompanham, pois foi com elas
Que cresci e sobrevivi na minha jornada.
Não tenho do que me queixar, me fiz homem, me fiz
Mulher.
No escuro encontrei a luz nos meus sonhos,
Palhaços com cores fortes me fizeram rir,
O amor do tamanho de meu ser foi que o susteve, a
Superação,
Contanto, caminhei nas mais belas alamedas.
Na minha áurea
Tive os mais belos sonhos e vivi a realidade de
Todos.
Amei e fui amada na inocência do pequeno ser, me
Transformei na fortaleza, me fiz guerreira
sem uma única arma, somente com flores e com a
Renúncia.
De tudo e de todos venci,
O que tenho é pouco diante do mundo
Da ambição e da riqueza passageira, mas estou
Plena,
Estou feliz,
Estou completa.

Estrela-guia

Nas noites claras
Reluz seu brilho,
Candeia nos rumos
Do meu pensamento.
Claridade para a penumbra
Das dúvidas certeiras.
No céu se faz rainha protetora,
Sua energia é ternura em meu ser,
Orienta-me na trajetória da minha jornada,
Encarrega-me de levar boas-novas ao que me esperam.

A felicidade passageira

Procura-se na loja sua modernidade,
No ritmo acelerado a compra se faz satisfatória,
Tudo tem o tempo limitado a poucos segundos.
O que é novidade se torna velho e facilmente
Substituído.
Procura-se a felicidade que está no retardo dos anos
Marcados pelo tempo,
Procura-se a forma perfeita sem notar suas
Características.
No molde torneado tudo é vago,
No entanto essa alegria momentânea tem preço,
Danos e consequências.
Quem procura encontrar a felicidade, esquece
Onde ela verdadeiramente está.
No sorriso de uma criança,
No encontro do amor,
Na paz interior, no olhar para o íntimo,
No dizer "eu sou feliz porque te amo",
No ser natural, em sua essência.

Serenidade

Encontro serenidade
Quando estou contigo.
Na luz do luar, no toque de suas mãos,
Que unidas nos faz um sonho,
Laços de uma vida infinita, por um momento,
Por um tempo, por uma eternidade.

Saudade

Onde estiveres
Leva contigo meu pensamento,
Que é voltado a ti,
Sem saber se fica à sua espera,
Ou se vai à procura do seu bem-querer.
Agora sabes que deixas saudades,
Assim como a levas consigo.

Brincar de amar

Para brincar nos plays da nossa vida,
Existe a envoltura dos sentimentos
O amor que por ele nos faz desnudar,
A moldura que nos foi imposta,
A magia que desperta a criança adormecida,
A paixão que transforma tudo em possíveis momentos,
Que ilumina a alma e fica com gosto de querer mais,
Querer brincar, querer amar.

Amigos

No acaso do destino, os verdadeiros amigos,
Mesmo com a distância e o tempo que não espera,
Passam e nos mostram que amizade faz a hora em nossas vidas,
Independente de qualquer situação.
Amigo é praticar a fidelidade, é olhar com clareza
Diferenças sociais, independente de cor etnia ou religião.
Desde sempre com o mesmo respeito, amigos não se perdem,
Pois a conquista é diária, a conquista é diária.
Amigos nos fazem irmãos, companheiros,
Sempre!

Fim

Inexplicável fim, ímpar se faz um amor fecundo,
Que em palavras tem sentido tal dimensão.
No céu se perde o olhar que cai na infinidade do espaço celestial,
Que distante leva o pensamento regresso ao tempo.
Os ventos que sopram sem direção, sem parada, sem fim,
Inexplicável fim do encanto, vem a desilusão do imáculo.
Ser intocável por muitos só pertencido no silêncio uno.
Nesse silêncio findo minhas esperanças de que é infinito,
O acalento de seu abraço guardado
No íntimo de minhas lembranças,
Espero-te, mesmo que seja para ver o inexplicável fim...

Cumplicidade

Apertado é o laço de uma amizade,
Longe as mãos se entrelaçam,
No pensar a fala se ouve,
Os olhos veem o sorriso verdadeiro,
Que amigos de alma, de alegria.
Nas incertezas o amparo é bem-vindo,
No afago das lembranças guardo o aroma
Com a seiva de uma vida longínqua e vindoura.
A amizade é o alvorecer de uma cumplicidade contínua,
Translúcida o laço se faz com a fidelidade e as mãos se entrelaçam...

Faces

Graças te louvo pela sua vida
Graças te faço se te vejo sorrir
Graças se bem te encontras
Graças me fazes se feliz estás.

Gente

Gente que anda
Gente que canta, que se encanta,
Gente que pensa, que age no impulso
Gente que espera a hora passar
Gente igual, gente diferente,
Gente que fala, gente que se cala
Gente que sorri, gente que chora,
Gente que come, gente com fome,
Gente que mora, gente que sobra,
Gente com muito, gente nada,
Gente que se leva, gente que vem,
Gente da noite, gente do dia,
Gente da gente, filhos de terra,
Gente sem pátria, sem saída,
Gente ...

Molde

Quando olho aos tubos submersos
que passam grande parte indo e vindo,
Grande, a multidão não se percebe,
Segue em fileiras para o mesmo rumo
De uma vida criada, moldada, substituível.
Vida que toma conta de tudo que pode,
Dos sentimentos, dos esforços exagerados,
Da paz e da saúde, que tão urgente se faz.
No meio de máquinas, ferramentas tecem,
Redes no emaranhado dos fios se perdem,
Nas teias engolidas não sentem,
Malogrado, tudo transforma no tempo real.
Aniquila os sentimentos em meio às incertezas
Da humanidade, da multidão, não se vê, seguem
Sem perceber onde vão parar...

Formas

Do imediato tempo moderno,
Das horas contadas, a produção,
Transformada em numerosas contas,
Que exatas e o sumo do trabalho,
De quem fica ao olhar a esmo,
Da saída do labirinto que, em formas,
Confundem a saída, e na simetria leva
A vida, os sonhos e o vazio à procura
Do significado imediato…

Porto de Idéias EDITORA

www.portodeideias.com.br